KB020628

그 뼈가 아파서 울었다

실천문학 시인선 048
그 뼈가 아파서 울었다

2021년 11월 30일 1판 1쇄 인쇄
2021년 11월 30일 1판 1쇄 펴냄

지은이   이영춘
펴낸이   윤한룡
편집   신한선
디자인   윤려하
관리·영업   이소연

펴낸곳   (주)실천문학
등록   10-1221호(1995.10.26)
주소   남양주시 퇴계원읍 퇴계원로 52 405호
전화   02-322-2161~3
팩스   02-322-2166
홈페이지   www.silcheon.com

ⓒ 이영춘, 2021

ISBN 978-89-392-3094-1 03810

이 책은 강원도 **강원문화재단** 후원으로 발간되었습니다.

이 책 내용의 전부 또는 일부를 재사용하려면 반드시 지은이와
실천문학사 양측의 동의를 받아야 합니다.

실천문학 시인선 048

그 뼈가 아파서 울었다

이영춘 시집

실천문학사

제1부

제2부

제3부

제4부

제1부

성 밖에서

성 밖에서 비를 맞고 서 있는 풀잎 같은 사람들,
누가 부르는 이도 없고 가라는 사람도 없다
기웃기웃 카프카의 k처럼 성문 밖에서 기웃거린다

저 안에는 무수한 이름들과, 이름표를 단 사람들이 군주를
향해 몰려 있다 아니, 군주가 자신의 위력을 위해 명성을 위
해 불러들인 이름들이다 먼발치에서 불빛 바라보듯 성안의
목소리를 기다리는 풀잎들이 빗물처럼 흔들린다

아득한 저 하늘 끝 뭉게구름 한 점 둥둥 떠 흘러가듯
아무도 알 수 없는 비밀의 궁정 같은 성,
그 성 밖에서
풀잎들은 제 이름이 호명되기를 기다리다 지쳐
다시 풀잎으로 눕는다

운성으로 가는 서사

저 푸른 가지 끝에 등불 하나 달려 있다
그 불빛 아래 서성이는 거인의 목같이
긴 기다림의 목덜미가 욕망이란 이름으로 매달려 있다
운명은,
어느 날은 서쪽으로 목이 기울고
어느 날은 동쪽 가지 끝에 메달려
그 성문 앞에서 일렁이는 그림자 하나
나를 판화 한다

오늘 이 순간, 동쪽으로 가는 문 활짝 열어 줄 거인은 누구
인가
수성 성씨를 가진 물줄기의 기운으로
둥근 해를 건져 올릴 귀인은 누구인가
동쪽에서 온다는 나의 운수는
어느 하늘 아래서 나침판을 돌리고 있는가

갈 길을 잃고, 방향을 잃고

아득한 저 방파제 너머 그린 듯 앉아 있는 어부의 칼끝에서
가쁜 숨 몰아쉬고 있는 흰고래 한 마리,
울컥울컥 비린 부유물 쏟아내며
붉은 햇덩이 안고 돌아올 거인을 기다리고 있다
내 안에서 죽은 햇덩이 안고 돌아갈 저 아득한 천공,
그 빙하의 한 세기 앞에서

고생대를 복사하다

바늘귀 같은 초침 돌아가는 소리

초침에 업혀 내 생을 갉아먹고 가는 신의 숨소리,

소리의 순간마다 한 뼘씩 자라나는 내 안의 얼음벽,

얼음벽 속에서 나는 길을 잃는다

허공에서 무리 짓는 한 떼의 얼음 조각들,

오리 떼 같은 구름 속에서 나는 순간순간 허공을 짚는다

밤마다 시린 화석으로 찾아오는 발과 발가락의 무게,

어느 허공을 떠돌고 있는가

허공의 무게들이 달빛 그림자가 되어 한 생을 지우며 달

아난다

달 속에 매장된 발톱의 무게는 햇살 뒤쪽으로 기울어지고

나는 어디만큼 더 가야 내 발가락을 찾을 수 있을까

암초에 부딪히듯 발목은 수시로 암석층 앞에서 좌초되고

햇살 비껴간 고드름 달그락거리는 소리,

운성으로 흘러간다

아득한 저 도성 밖으로 달빛이 흘러가듯

안개구름 밟고 돌아가는 내 시린 지층의 흔적.

별똥별은 아프다

발자국 하나 남기려고
저토록 몸부림치는 꽃잎들
꽃잎 속에서 물방울이 튄다
꽃잎 속에서 바람이 분다
물 오른 나무 한 그루 하얗게 일렁이는 그림자 속에
그림자들이 숨어드는 그 꽃잎 숲에
이름표를 단 나무들이 줄지어 서 있다
나무들이 별을 안고 별처럼 어둠을 뚫고 간다
닿을 수 없는 저 허공의 아득한 하늘 끝자락에
구름 기둥 하나 둥둥 떠간다
물방울 기둥 하나 하얀 가루로 부서져 내린다

어제는 심장에 방아쇠를 당긴 헤밍웨이가 깃발을 올리고
　오늘은 긴 코트 자락에 자갈돌을 삼킨 울프가 강물 속으로 걸어간다
　내일은 반 고흐가 귀 없는 귀로 오베르 밀밭으로 걸어 들어가

15

잘나낸 귀 한쪽을 찾아 총총 하늘로 올라갈 것이다

하늘이 열리고 지상은 문을 닫는다
이름 없이 사라질 꽃잎, 꽃잎들
별들이 숨죽인 밤,
이름표 단 나무들이 빗물로 떠 흐른다

서사敍事로 가는 문

슬픔 같은 장대비가 툭툭 걸음을 멈추게 한다

어둠 저 끝에서 밀려오는 바람 소리,

등 뒤에서 누가 비수를 꽂듯, 가슴 한 끝에 비수를 꽂고 돌아선 사람

창에 어리던 북극성 한 쪽이 허리를 굽혀 내 허물을 판화한다

세상은 황량한 이중성의 간판들, 그 간판들이 점멸등처럼 붉은 눈을 켜고 달려오는데

나는 어느 변곡점에서 성인聖人의 도성에 닿을 수 있을까

어제는 바람이 불고 오늘은 비가 오고 빗속에서 붉은 사과가 떨어진다

사과 속에서 씨앗이 떨어지듯 나는 내 발자국 지우며 간다

탓하지 마라 사람아, 바람아, 세상아,

세상 안에서 세상 바깥에서 나는 서사의 문으로 가는 길을 찾는다

잎 속의 입

사과 같은 시간 속에서
사과를 훔쳐 먹은 사과의 씨앗들이
거품으로 떠돈다
강 하구에 잠든 눈동자들이 눈을 뜨고 달려오는 밤,
사과 같은 시간 속에서, 사과의 맨발 속에서
말을 잃은 말의 군중들이
하늘의 언어로 지상에 장사를 지낸다
어느 천공의 눈동자들이 말을 잃고
달려오는 말의 시간들,
빗물에 쓸린 언어들의 혀가 빗물 속에 둥둥 떠 간다
빈 허공에서 쏟아지는 활자들이, 언어들이
수억 채의 집을 짓고, 가난을 짓고, 방황을 짓고
집은 강물이 되어 떠내려간다
평화를 부르짖는 입들과 미래를 꿈꾸는 입들이
한 덩어리로 둥둥 떠내려간다
푸른 잎사귀를 닮은 입들이 누렇게 말의 집을 짓는다
기둥 없는 집을 짓는다

반나절의 생

압박 붕대를 감고 있는 사람들,
시간은 점점 헐거워지고
마스크를 쓴 사람들이 우유를 먹는다
헐거워진 시간들이 온몸을 탱탱하게 당긴다
생의 반나절을 탱탱하게 조이던 여름, 여름의 끝별,
물고기 비늘처럼 풀어진다
물푸레 나뭇잎들이 별처럼 쏟아지는 밤,
꽁꽁 묶였던 몸이 나른한 오후처럼 넘어간다
바닥이 보이지 않는, 끝이 보이지 않는 저 지평선
물속의 고기들은 다 죽어가고
압박 붕대에 묶인 사람들이
길 없는 길을 건너간다
허공에서 잠든 길, 꽉 막힌 그 길 위에서
물고기들이 팔딱거린다

2021광장, 그리고 광야

신이 창조한 율법들이
무지개로 번진다
우르릉 쾅-쾅-번개 천둥소리 같은 것,
쇠사슬 끌리는 소리
말발굽 구르는 소리

강물 속으로 달이 떠간다 행려병자 같은 달빛 얼굴, 어지러운 풀꽃들, 귀 막아야 할 소리들, 지상의 한복판에서 둥둥 떠다니는 붉은 입술의 껍질들, 껍질의 몸통들, 푸른 옷을 입은 번개와 붉은 옷을 입는 태양과 거리의 악사들, 검은 소음의 광장, 광장에서 죽어가는 풀꽃들, 풀꽃 같은 언어의 시체들, 새로운 세기의 한 역사가 퇴폐한 역사의 한 페이지를 넘긴다 얼룩무늬 광장, 하얀 박새들 떠도는 광장에서

오늘 내가 건너는 이 강, 알 수 없는 미궁의 길,
누가 우리를 저 지구 밖 행성으로 던져 놓았는가
심판도 심판관도 없이 단두대가 올라간다

가시면류관을 쓴 얼굴들이

수만 개의 길 속에서 길을 잃고 길을 찾는다

침묵의 강, 침묵의 도시
— 춘천 의암호 수초 섬 사고로 숨진 영혼들을 위하여

세상 중심에서 세상 끝으로 사라진 이름들,
저 강 하구에 잠든 이 누구인가

하늘의 명命인가, 땅의 영슒인가 아무도 대답 없는 슬픈 비
명의 이 지상 한 끝점에서
누구의 명으로 수초가 되었는가 누구의 입술로 수궁 넋이
되었는가 이 도시의 한쪽 뿌리가 흔들리는 밤, 이중성의 간
판들은 불빛을 타고 흔들리는데 점점이 강물 속으로
사라진 이름들!

아, 어디로 가야 하나, 어디까지 가야 하나 세이렌의 노래
처럼, 물속의 비밀처럼 부유하는
입들의 알 수 없는 저 몸통의 꼬리들, 입에서 입을 타고 둥
둥 떠 흘러가고 있다

꿈을 잃고 신발을 잃고 뼈를 잃고
아득히 떠도는 저 강 하구의 안개 같은 구름 떼,

누구의 혼령으로 이 지상의 암호를 건져 올릴 수 있을까

잠들게 할 수 있을까

강물이여! 침묵이여! 수초 섬이여!

그 뼈가 아파서 울었다

그들의 뼈가 아파서 내가 울었다

아픈 뼈 보이지 않아서 울었다

아픈 뼈 볼 수 없어서 울었다

두들겨 맞아 아픈 뼈,

곤봉 대검帶劍 총알 폭탄 맞아 아픈 뼈,

피투성이 상처로 아픈 뼈,

돌아올 수 없어서 아픈 뼈.

해골이 되어 울고 있을 뼈,

그들의 뼈와 살이 아파서 내가 울었다

그들은 지금 어디로 갔나

어느 골목 어느 바다 어느 산야에서 울고 있나

뼈가 아픈 아들아, 뼈가 아픈 오빠들아!

뼈가 없어진 청춘들아!

뼈마저 죽어간 그대들아!

그대들 잠든 그곳엔 지금 가랑잎만 날리고

지상에 남은 우리들은

그대들의 뼈가 아파 이렇게 모여 울고 있다

지상에 남은 우리들은

죄인으로 그 죄가 아파서 울고 있다

고이고이 잠들어라, 아프지 않은 세상에서

꽃봉오리 같은 넋들아, 피지 못한 목숨들아!

운파동 사거리

도시개발로 운파동 로터리가 없어졌다

운파동 노래도 갔다 신발 가게도 갔다

콧수염 같은 약방 이층에 빛 그림자로 앉아 있던 영자 다
방도 갔다

그렇게 빛과 빗방울이 중얼거리던 소리가 갔다

에트랑제 같이 기타를 치던 한 거인도 갔다

붉은 살점 걸어놓고 손님을 호객하던 붉은 정육점도 갔다

목숨을 건져 올리던 붉은 사슴목장이라는 간판도 갔다

호루라기 불던 파출소도 갔다

곡마단 천정같이 깊은 웅덩이로 움푹 파인 하늘,

웅덩이같이 텅 빈 운파동 사거리

죽음이 웅웅 빗물처럼 내리는 사막이다

운파동은 이 지상에 없는 전설의 나라, 아틀란티스다

주연, 조연 배우들이 모두 사라진

텅 빈 하늘이다

터널 같은 어둠을 신고, 어둔 세상을 건너가던

누군가의 신발 한 짝 빗물에 젖고 있다

도성 안에서, 도성 밖에서

그 속에 내 몸이 없다 구름이 흘러간다 새 떼가 흘러간다 죽은 시체들이 흘러간다 까만 까마귀 떼, 점, 점, 점, 점의 발자국들이 흘러간다

붉은 벽돌이 날아가고 오징어가 날아가고 앰뷸런스가 푸른 광채를 뿜으며 달려간다 죽은 새가 둥둥 떠간다 오래전에 이 지상을 떠난 그림자들이 둥둥 떠간다 검은 붕대를 감은 사람들이 도로 한복판에서 사과를 먹는다 사과 속에서 날아오는 죄의 씨앗들, 어디선가 물총새가 날아오고 돌멩이가 날아오고 돌멩이 뒤에 숨어 우는 그림자가 붉다 붉은 반점의 그림자, 달빛처럼 서서 울던 누군가가 도성 밖으로 뛰쳐나간다 오래 묵은 월계수 한 그루 달빛에 흔들린다 나를 잃은 내몸은 허공에서 빙빙 원 그리며 탈출을 시도 한다 도성 안에서 도성 밖으로 노란 달빛이 흔들리며 간다

바람과 외투

공기 방울 같은 우울을 신고 열차를 탄다

고골리의 외투에서 불어온 존재의 욕망처럼

열차는 바람을 신고 달려간다

손에 잡힐 듯 멀어져 가는 들판과 농부와 산과 산 그림자

의 간극,

사람과 사람 사이의 외투는 아득히 멀어지고

고원의 땅으로 가는 열차의 하중은 미개척지의 동굴 같은

미증유의 빙산,

나는 종유석처럼 허공에 떠서 방향을 잃는다

고골리의 도둑맞은 외투 같은 우울을 안고 돌밭 길을 간다

차창을 두드리며 달려오는 빗소리,

죽은 외투의 그림자

박제된 맨살의 그림자가 창에 어린다

긴 강을 건너가는 바퀴의 울음소리

하늘 가득 산화된 외투가 펄럭인다

본성, 두루마리 휴지

한 번 쓰고 버리는 그들의 긴 혓바닥을 본다 알맹이를 나누고 껍질을 나눠 먹던 파피루스의 동체, 그래서 주변에는 안중에도 없던 그들이, 그 긴 끈의 혀들이, 변기통 속에서 뚝뚝 끊어져, 한 몸으로 풀어져 형체 없이 흐물거리는 거품의 혓바닥, 혓바닥들이 둥둥 떠 한 몸으로 허우적거린다 변기 속 거품들이 소용돌이치는 동안 수조水槽에 고여 있던 물줄기가 배수 트랩을 열어 씻어내려는 듯 일제히 일어나 손가락을 세우고 혈서를 쓰듯 아우성 친다

변기 속에서 퉁퉁 불어 터진 혈흔들, 한 몸이었다가 두 몸, 세 몸으로 갈가리 찢어지고 흩어지는 저 혓바닥들의 파열음, 파피루스의 본적은 어디일까 알 수 없는 두루마리의 동체들, 가리가리 찢어지는 동체들 어디로 갈 것인가 흐물거리는 풀가루 같은 저 깊은 허공의 몸짓들.

프로이트, 현몽하다

낯선 강의실이다
낯익은 얼굴들과 낯익지 않은 얼굴들이 엉켜 있다
여기저기 웅성웅성 낯익은 얼굴들끼리 담소를 하거나
무언가를 먹고 있다
나와 잘 아는 얼굴은 강의가 엉터리였다고 투덜댄다
"선생님 강의인 줄 알고 왔는데---"라는 특유의 억양법을
써 가면서.

썰물 빠지듯 삼삼오오 강의실을 빠져나가고
텅 빈 강의실엔 햇살이 길게 발을 뻗고 눕는다

45도쯤 경사진 언덕을 내려오고 있을 때
내 핸드백에서 밀가루 같은 가루분이 쏟아진다
나는 다시 내려오던 언덕을 거슬러 올라가며
여기저기 흩어진 가루분을 긁어모은다
모은 가루분을 후배 박 아무개에게 건넨다
A4 하얀 용지에 살살 쓸어 꼭꼭 여밀 것을 바랬으나 그녀는

누런 사각봉투를 들고 나온다 내심 딱하다는 듯 나는 급
하게 강의실로 뛰어 들어가 A4용지를 갖고 나와 가루분을
곱게 포장하여 건넨다

그녀는 그것을 들고 이중섭 콩쿠르에 나간다
그녀 앞에 놓인 300호 짜리 화폭, 화폭에 주어진 제목은
"소牛, 소의 눈"이었다

그 후 그녀는 가루분 같은 허연 소 한 마리 그려놓고 소리
없이 떠나갔다
소처럼 커다랗게 눈을 뜬 채

제2부

거울의 뒤편

수천 개의 거울이 내 등 뒤에서 나를 분해한다

소수점 이하 반올림까지 내가 모르는 나를 끌어 올린다

거기 실오라기처럼 너덜거리는 지느러미 날개

내가 모르는 나를 발견하고 바퀴 달린 두 개의 거울 속으
로 숨는다

모르는 얼굴 하나가 대낮 허공에 둥그렇게 눈 뜨고 앉아

오후 세 시의 얼굴을 손짓한다

나뭇잎들이 가을 겉옷을 다 털어내듯

시린 뒤편이 적막하다

누구에게 배신이라도 당한 듯 자꾸 속 깊어지는 울음

저 수면 속으로 가라앉은 가랑잎 같은

물고기 떼들이 부유물을 쏟아내듯

등 시리게 밀려나는 오후

적막의 골짜기에 눈물 같은 안개꽃 피어오르고

낡은 역사驛舍에는 구름이 신다 버린

나뭇잎 한 조각

갈 곳을 잃고 역사 지붕에서 서성거린다

내 시를 곡하노라

시인의 사명은 무엇이라고 배웠던가
한 나라의 언어를 아름답게 빛나게 해야 하고
모순과 정의에 대하여 칼날이 되어야 하고
문화의 장식으로 문화의 꽃이 되어야 하고
그 열매가 되어야 한다고 했다

그러나 나는 무엇을 했던가
'문학은 상처를 쓰는 것이라'고 누군가가 말했지만
나는 고작 내 아픈 상처만 작作하여 아픈 이들을 더 아프
게 하고
살아 있다는 존재가 슬퍼서 슬픔을 노래하고
빙-빙 허공만 긋고 가는 저주 받은 앨버트로스,
어느 날 문득 그 새가 눈을 뜨고
내 노래를 곡하고 있다
한낱 휴지도 못 되는 낙서로 이 지상을 눈멀게 하고
귀 멀게 하여 절필하라는 백지의 울음소리가 밤낮
나의 옆구리에 사선을 긋고 달아나는데

나는 허공의 바람을 잡듯 가랑잎 같은 마음 한 조각 움켜
잡고
　울컥울컥 피 토하는 심정으로 백지 앞에 선다

　백지여, 잠들라!
　나의 시여, 장독 덮개여!*
　벼린 펜 끝으로 네 목을 쳐라!
　붉은 불꽃을 백지에 올려라!

---

* 보잘 것 없는 글은 장독 덮개로 쓰였다는 일화.

쿠키 쿠키

쿠키 쿠키는 분명 과자다
그런데 우리말 음상으로 키 큰 키 큰 남자 이름으로 들린다
깜짝 놀라 뒤를 돌아보니
아무것도 없는 허공이다
허공, 허공, 허공---
이 세상 허공만큼 큰 것, 또 무엇이 있을까?
허공이 매일 나를 감싸 안고 바퀴처럼 돌아간다
원통으로 돌아간다
허공이 공으로 푸른 날개가 돋을 때까지
깃털이 색(色)으로 자랄 때까지
허공이 적막을 깨고 일어선다 공색, 색공으로
환한 날개가 돋는다
그러나 나는 매일 공空, 공으로 떠가고 있다
쿠키 쿠키 양파링 같은 두루마리 속에서

삼각형 안에서

꼭짓점은 어디인가?

좌로 세우면 밑변이 꼭짓점인 듯,

우로 세워도 밑변이 꼭짓점이 된 듯한데,

내 심장 닿을 곳은 아득히 알 수 없다

꼭짓점을 알 수 없는 밑변이 흔들린다

유서 쓰듯, 혈서 쓰듯 마지막이라 생각하면서

시를 쓰려 애썼다 그러나 그 마지막은 오지 않았다

간곡함, 간절함의 바퀴가 숨죽인 탓이다

나를 싸고도는 멜랑콜리 같은 것,

내가 없는 나를 찾는 길이 아득히 멀다

암전이다 학문도 사유도 감성도

모두 내 영혼 밖에서 떠도는 부랑아다

삼각형 안에 혼자 웅크리고 앉아 있는 빈 독缸이다

어느 우수주의자의 하루

그가 하루 종일 의자에 앉아 있다
그의 머릿속으로 무슨 생각이 지나가는지
그의 머릿속에 무슨 생각을 저장하는지
새 소리 물소리 아무것도 들리지 않는다
그러나 그는 듣고 있나 보다
가끔 뭔가 생각하면서 희죽- 웃는 걸 보면

나는 그의 등 뒤에서 그의 가슴 한쪽을 긋고 지나가는 바
람 소리 듣는다
어느 궤도에서인가 잘려 나온 푸른 이파리 같은 그의 목
덜미
목덜미는 가끔 죽음으로 가는 붉은 신호등 앞에 망연히
서서
혹은 의자에 앉아서 귀에는 리시버를 꽂고 혼자서 엷은
창호지 같이 웃기도 하면서
죽음의 집을 짓고 있다 죽음은 삶의 완성이라는 어느 철
학자의 철학적인 말을 믿으면서

그는 그 완성을 어떻게 건너갈까, 가서 닿을 수 있을까를
생각한다

의자는 하루 종일 무거워져서 쳐들 수가 없다
머리는 없고 의자만 있는 형상이다
그림자가 앉아 있다 완성의 길로 가는 그림자가
혼자 길게 일렁인다

내 안의 도피안사 1

내 피안의 길은 어디인가?

잠들 때마다

잠 깰 때마다

황량한 이 바다 어떻게 건너가야 하나? 어떻게 살아내야
하나?

천 길 구렁 같은 길 위에서 길을 잃곤 했는데

오늘 이곳에 이르러

도道의 한 끝이 보인다

무空의 첫 길이 보인다

아무것도 없는 살덩이 한 줌으로

아무것도 아닌 흙 한 삽으로

육천 제곱의 생을 끌고

바람으로 흙으로 돌덩이로 이곳에 이른다

활활 타오르는 저 불길 속에서

스님들이 다비식을 봉정하는 독경 소리,

아득히 산그늘로 저물어 가는데

까마귀 떼 같은 검은 연기 하늘에 닿는다

한 영혼의 눈眼을 쓸어내리는 저 소리,

아득히 산등성을 넘어 간다

내 안의 도피안사 2

내 마음속에 사는 스님들의 궁터,

도피안사 한 채 세운다

구름 속 같은 거기,

그 궁전에서 잠들고 싶다

무심히 떠 흐르는 구름 끝자락을 붙잡고

살아온 날들과 살아갈 날들이

부끄러워, 무거워 낯 붉히는

심장 한 조각,

소지 올리듯 검은 불티로 둥둥 떠

저 피안에 이르는

길을 묻는다

무無에서 무無로 가는 길을 찾는다

거울에 도달하는 길은

무엇을 어떻게 지워야 할까

무엇을 어떻게 버려야 할까

달력에 붉은 동그라미를 친다

동그라미 위에 붉은 사선을 긋는다

월광이 쏟아진다 검은 달빛이다

월광은 달그림자, 그 속에 존재라는 검은 짐승이 살고 있다

거울과 아주 먼 거리에 있다 그래서 지금 나는 나를 볼 수
가 없다

거울에게 도달하는 길은 아득하다 도달하기 전에 이미 나
는 이 세상에

존재하지 않는 어제의 짐승,

이것이 나의 거울이다 거울에 닿을 수 없는 거울 속 사트
바*!

나와는 아주 먼 거리에 있는 거울, 나는 강 이쪽에서 서성
거리고

---

* 사트바(Sattva): 산스크리트어 '중생'의 뜻으로 차용.

거울은 강 저쪽에서 손짓한다 내가 나를 만날 수 없는 거
울 속,

깨진 거울 속에 웬 낯선 짐승 한 마리 거울 저 반대편에
서서 웃고 있다

과자 먹는 무덤

나는 과자를 찾고 있는데

누가 과자를 먹고 있다

동생 같기도 하고

엄마 같기도 한,

옆에는 어디서 본 듯한 다른 얼굴들이

이불을 덮고 누워서 과자를 먹는다

나는 선반에서 과자를 찾으면서

떡국을 끓이려고 또 떡을 찾고 있는데

떡은 없고---, 빈 그릇 몇 개

둥근 와플처럼 누워 있다

나는 과자를 찾고 있는데

누가 자꾸 과자를 먹고 있다

내가 버린 누군가가 배가 고픈가 보다

배가 고파 잠든가 보다

나는 계속 과자를 찾고 있는데 과자는 없고

떡도 없고,

둥그런 달이 창살에 걸려 과자처럼 웃고 있다

허기진 얼굴들이 웃고 있다

마지막 생일

한 사람이 그림자처럼 앉았다 갔다
촛불을 켜고 손뼉을 치고
노래에 맞춰 케익을 잘랐다
그게 마지막이었다
사진 한 장 남기지 않고 바람으로 사라졌다
그의 목소리 멀어지듯 촛불은 가물거리고
찬밥 덩이처럼 남은 의자는 온기가 식어 갔다
목소리조차 들을 수 없는 이 캄캄한 지상
어느 곳, 어느 무엇의 심장, 그물코에 걸렸는가?
돌아올 길은 아득하고
뫼비우스의 띠처럼 흘러내리던 촛불은 가물가물
블랙홀이다
저무는 창 저 너머로
기러기처럼 날아간 그림자 같은 한 사람

바람의 길

그는 왜 떠났을까? 바람으로 돌아갔을까?
세상은 모래 바람, 사막 같은 길,
두 사람이 가던 길, 한 사람은 서쪽으로
또 한 사람은 동쪽으로
모래알처럼 흩어져 바람이 된 길,
바람의 심장은 어느 계곡에 머무는가
지구의 반대편 사막에 들었는가

한 사람이 떠나고 또 한 사람이 떠나갔다
한 줄기 강물에서 두 갈래의 강물로
어둠을 안고 도는 혹성의 발자국, 발자국들의 수레바퀴
바퀴 빠진 한 채의 우주 공간이
허공에서 사막에서 바람으로 흩어진다

소식 아득한 바람의 길
가방을 등에 멘 두 개의 별
한 사람은 동쪽 혹성으로

또 한 사람은 서쪽 유성으로
어둠을 지고 어둠 속으로 간다
점점이 흩어지는 사막 길을 간다
잠들 수 없는 두 개의 가방

시간에 기대어

대학로 마로니에 공원에 앉아 시간을 생각한다

목숨 바쳐 목덜미 휘어잡던 그대라는 이름의 그도 간 곳 없고

로렉스 시계에 홀려 가짜 로렉스를 차고 살았던 숙명의 시간들,

마로니에 공원, 천 년 고고孤高한 나뭇가지들은 이 지상의 하늘 끝에서

천 년 고도 같은 침묵을 안고 흐르는데

대륙의 저 끝에서 에트랑제처럼 떠돌던 늙은 여배우의 깜빡이는 영혼은

슬픈 노래로 지상을 달려오는데

이곳 마로니에 공원은 시간도 가고 바람도 가고 그림자도 가고

버석거리는 무덤 같은 콘크리트 입들이 침묵으로 엎드려 있다

망명정부의 깃발 같은 나뭇잎들은 허공을 맴돌고

빈 의자 몇 개, 빈 그림자를 찾고 있다

거울을 지우다

내 살아온 흔적 같은 백내장을 걷어냈다
거기 내가 모르는 낯선 얼굴이 나를 쳐다본다

너는 누구인가 수십 년 간 나는 나를 찾는다고, 존재를 찾
는다고
그럴듯한 이론을 붙여 가며 시 쓰는 사람으로 살아왔지만
나는 간 곳이 없고 웬 낯선 얼굴 하나,
타인처럼 나를 바라보고 있다

나는 나를 모른 채 어둠 속에서 살았다 그 어둠의 터널이
발목까지 따라 내려와
천 년 아득한 고생대에서 털 많은 짐승으로 내 앞에 서 있
다 절망의 시처럼,
시의 절망처럼 내 옆에 모로 누워 있다

너는 누구인가 다시 묻고 싶어지는 존재의 오후
가면도 서사도 아닌 내가 다시 태어난 아이같이

낯선 짐승으로 깊은 수면에 얼굴을 묻고

거울 속을 간다

거울을 지운다

바람의 날개

어디까지 갈 것인가 바람의 날개들
날개 한 쪽이 기우뚱 한 쪽 귀 막고 왼쪽으로 흐르는 밤,
우리들 어깨 한쪽은 말에 말이 물려 기울어진다
또 한 쪽은 어깨와 어깨 사이에서 폭풍으로 솟는다
말의 귀들이 강줄기를 따라 파도 같은 파문을 낳는데
어느 강물을 따라가면 성군의 도성에 닿을 수 있을까?
날개들은 등과 등 사이에서 바람의 말을 만들고
물 떼 같은 말들은 물그림자로 흔들리고 있는데
우리들은 갈 곳 몰라 허허벌판에서 갈지자로 휘청거린다
돌처럼 굳어진 심장 한쪽을 데리고 나는 강변에 앉아
상선약수上善若水라는 강을 안고 흐르는 강물에게 묻는다
어느 바람의 말에 귀 기울여야 하는가를
어느 강물을 건너가야 하는가를

바다와 갈매기와 그리고 나

여기 돌 틈새에 이렇게 엎드려 있습니다 나는,
죽은 새우처럼 혹은 죽은 새처럼,
바다가 파도를 몰고 달려옵니다
어디로 가라는 폭풍인가요?
먼 하늘을 돌아서 날아온 갈매기 한 마리
날개 죽지 상한 듯 돌 틈에 엎드려 있습니다

물소리 고요합니다
바위 틈새에서 바위들이 귀를 열고 물소리 듣습니다
저 방파제 너머로 떠난 한 사람의 울음소리 듣습니다
바위들이 웁니다
갈매기들이 끼룩끼룩 따라 웁니다
인생은 때때로 이렇게 역행하는 것이라고
파도들이 중얼거리며 바위를 때립니다
아무도 듣지 못하는 방백傍白의 여운으로

저녁 하늘이 고요히 내려앉습니다

파도는 먼 수평선에 걸린 노을의 눈치를 힐금힐금 곁눈질하며
물속으로 가라앉습니다 깊고 아늑하게
바다도 하늘도 날갯죽지 상한 갈매기도 모두 하루를 접은 듯
고요히 깊은 잠 속으로 듭니다

겨울 갈대.2

물오리 한 마리 눈밭 속에 죽은 듯 서 있다
맨발, 낭자하다
피 묻은 발들이 달려온 낭자한 저 벌판의
한 무리 구름 떼
언 발 곧추세워 저토록 울울한 하늘 한층 쌓아 올린
눈부신 설원의 제단,
세한도 한 채 흐른다 인동초 반짝인다
꽃으로 꺾일 수 없는 저 깊은 원시의 사원,

온통 흔들리고 흔들리며 거꾸로 내달리는 세상 한 끝에서
푸른 날 푸른 몸 다 내어 주고 다 덜어주고
제 몸의 혈청 영하의 수은주로 낮춰
안으로 안으로만 켜는 저 환한 불길, 불길의 성전

타오른다 번진다 얼음 빙벽으로 치닫는 절개
등뼈 휘도록 살다간 석수의 붉은 마디들,
마디마디 천공으로 우뚝하다

구부려 고개 숙인 그 성전 앞에 눈부셔 눈부셔 바람도 조용히 무릎 꿇는다

누군가의 등뼈가 되지 못한 나는
바람과 바람 사이로 뿌리와 뿌리들 사이로
그림자 지듯 내 그림자 달꽃으로 흘러간다
달꽃 속에서 돌처럼 살다간 한 떼의 물새 울음소리
아득히 흐르다가 죽지 잃은 부리로 돌아온다
내 몸속에 새겨진 돌과 꽃과 바람은 운무 속에서
빈 몸으로 돌아간다

제3부

달에게 묻다

달아, 너는 아느냐?
신문지 몇 조각으로 몸 가리고 자는 노숙자들을
푸성귀 몇 다발 놓고 하루를 사는 아낙네들을
자식 다 잃고 넋 놓고 하늘만 쳐다보는 이웃들을
땅거미 지는 어스름 녘 폐휴지 리어커를 끌고 가는 노인네를
엄마, 아빠, 다 잃고 혼자 울고 있을 아이들을
달아, 너는 아느냐?
네 등 뒤에서 울고 있을 그들을 위해 나는 고백한다
내 부엌에는 십 킬로그램짜리 쌀 몇 포대가 있다는 것을
냉장고 문을 열면 언제나 먹을 수 있는 반찬이 있다는 것을
등 뉘일 따뜻한 방과 침대가 있다는 것을
그 침대가 놓일 네 개의 기둥, 번듯하게 떠받치는 집이 있다
는 것을
이런 장막에서도 허기지는 이유를,
신문지 조각으로 몸 가린 몸보다 더 추운 이유를,
달아, 너는 아는가?
세상 중심을 흘러가는 피와 피의 싸움을

옥이의 모자

어린 왕자가 보아 뱀을 그려 놓고 이게 뭐냐고 물었다
어른들은 하나 같이 '모자'라고 대답했다
이미 어른이 되어 버린 나도 그렇게 대답했다
간밤에는 털복숭아가 새끼도 배어보지 못하고 떨어졌다
강 건너 옥이는 열여섯 살도 안 돼 어른이 되고 싶어 집을
나갔다

열여섯 살 사내아이와 함께, 집을 지키던 수캐가 몰래 달
빛을 안고 담 모퉁이를 돌아가는 옥이를 보고 컹컹 울었다
그러나 아무도 듣는 이가 없었다 몇 달 후 옥이를 지키던 수
캐도 어디론가 사라졌다 가끔 담장에 달빛이 걸려 흔들렸다
텅 빈 마당은 언제나 고즈넉했다 은하를 건너가던 달이 가
끔 담장 안을 기웃거렸다 거미줄 같은 그림자들이 일렁였다
오륙 년이 지난 후 옥이는 모자 같은 아기를 안고 돌아왔다
그의 몸속에 아이는 없고 모자만 가득 채운 채

A/S해서 보내 주세요

담배를 지독히도 끊지 못하는 내 아들을 두고
휴일이면 잠만 자는 내 아들을 두고
처갓집에 사근사근하지 못한 내 아들을 두고
목욕탕 가기 싫어하는 내 아들을 두고
어느 날 내 며느리가 하는 말,
"어머니,
어머니 아들 A/S 좀 해서 다시 보내주세요"라고 한다

'A/S'란 말 혀끝에 매단 둥그런 낮달이
느물느물 웃고 있다
나도 낮달을 따라 허허 웃기만 하다가
'반납'이란 말 들려오지 않은 것에 대해
덩실!
큰 햇덩이 하나 입속으로 얼른 삼킨다

옆집 발코니

발코니에 불이 켜진다

한 남자가 어둠 속에서, 어둠 안개 속에서

소주잔을 기울인다 어둠 그늘을 마신다

잠든 벌레들이 일제히 일어나 윙윙 불을 켜 들고 사내의
목덜미를 당긴다

술병이 쓰러진다 빈 잔에 달빛을 채운다

어둠이 비껴 간다 달은 없는데 달빛이 빈 잔에서 출렁거
린다

떠나간 한 사람의 얼굴이 흔들린다 사내의 잔 속에서—

사내가 서성댄다

안개 속으로 검은 운무가 지나간다

늦은 밤이다 고요가 고요를 몰고 가는 깊은 밤,

천지가 죽은 듯 엎드려 있다

빈 발코니에 고요가 잠을 털고 일어나

사내의 발자국을 더듬는다

매미 허물 같은

매일 그 자리에 누워 있는 매미

땅속 깊이 잠들어 있는 매미,

내게 말을 걸어오는 것은

눈 흐린 형광등과 고성을 지르는 TV 속 정치인들의 정쟁과

볼모로 누워 있는 국민이라는 풀잎 같은 이름들과

무심하게 돌아가는 둔탁한 분침과 초침의 숨소리와

바가지 없는 바가지를 긁어대는 내외(內外)라는 이름들과

코로나 19라는 괴상한 짐승과

우후죽순 밀려나는 실업자 청년들과

골목마다 숨 멈춘 창문틀의 돌쩌귀와

아- 아- 꽉 막힌 세상, 꽉 막힌 땅속 매미 껍질들,

나의 껍질은 어느 나무에 붙어서 울어야 하나?

날개 잃은 겨울 매미 어디로 날아가야 하나?

들새

들새 한 마리 째~액~
흘림체 그 울음소리 흘리며 날아간다
어디로 가는 길일까
시퍼런 허공이 무섭고 무거워
여린 날개로 빠른 박자 저으며
발 담그지 못한 채 날아간다

내일모레면 나도 허공에 외다리 짚고 서서 너처럼 날아가
야 한다
구차한 말이지만 내 몸속 허공 어딘가에 '신경 내분비성' 뭐
란 것이 집을 짓고 있단다 이름도 거룩한 일명 잡스 병이란다

문득문득 우울해지는 소리가 내 안에서 나를 밀고 올라온다
소나기처럼 창을 뚫고 들어오던 매미 소리가
어느 순간 숨을 멈춰 서듯
내 심장의 박동이 멈춰 서는 그 순간을 생각한다

음울한 공기가 빗물처럼 고여 드는 푸른 허공의 날개,

가녀린 두 날개로 허공을 젓고 날아간 너의 목소리를 쫓아

나도 삼백육십오 일 희망으로 가는 길목에 서서

목이 긴 학처럼 내 몸속 날개를 찾아 떠나야 한다

가을, 물수레 바퀴

　가을날 오후, 공허한 나를 데리고 외곽에 있는 한 시인을 찾아간다 주인은 외출 중이다 빈 항아리 몇 개와 손때 묻은 장독, 숨 멈춘 풀꽃들이 나를 반긴다 무성했던 여름은 제 키 낮춰 제 몸의 계단으로 내려가고 꽃들은 목 떨군 채 손을 흔든다 동네 한 모퉁이에선 나뭇잎 태우는 노인의 연기, 패군의 깃발처럼 흔들린다 "부엉이 24시"라는 글자를 새긴 트럭은 대낮에도 부엉이처럼 서 있다 나는 죽은 풀꽃들보다 더 작은 몸으로 허리 굽혀 죽은 꽃길을 걷는다 "한영교회"라 쓴 간판이 '환영'으로 스치는 순간, 환영은 착시일 뿐 더　이상 죽은 꽃들을 환영하지 않는다 바람 한 줄기 마른 잎사귀를 핥고 지나간다 고개 숙이는 것들은 모두 적멸에 드는 것일까? 가을은 온통 고개 숙인 성전으로 엎드려 있다 안개에 젖어 있던 먼 산이 주춤주춤 허리를 펴고 달려와 들판을 지우며 간다

흙 속에서

천 년 전 세世, 나는 그곳에서도 '흙 속에서'를 썼다

요즘도 매일 '흙 속에서'를 쓴다

매일매일 들어갈 무덤에 대해 쓴다

그런데 무덤은 옹기가 되고 돌확이 되어 더욱 단단한 집이
되었다

돌아갈 집이 없다

실핏줄이 터져나간 사고 속에서

능금 같은 죄 한 가지씩 파묻으며

엉금엉금 기어서 간다

뿌리가 보이지 않는다 흙의 뿌리가,

흙은 흙대로 흩어져 아픈 무덤이 된다

내가 죽은 무덤이 된다

하루하루를 지우고 가는 뼈 없는 뼈의 무덤

흙 속에서 허무가 자라 오늘도 허공 길을 간다

허공 속에서 실뿌리 같은 숨결 받아 들고

서사의 문으로 간다

초침

귀 없는 소리가 큰 귀를 열고 둔탁하게 돌아간다
머리에 쓴 고깔모자 닮은 달력이 8월을 가르킨다
텔레비전은 음향을 잃고 내일의 음향에 귀 기울인다
형광등이 그 소리를 삼킨다
소리를 따라 불빛은 어제에서 오늘을 건너간다
고요를 베고 잠들었던 책들이 반짝 눈을 뜨고 음향 돌아가
는 소리에 귀를 세운다
모든 소리들이 일제히 일어나 가을의 문을 연다
창을 뚫고 들어오는 공기에 창문들이 바짝 귀를 세우고
오늘과 내일을 열고 닫는다

난간에 매달린 물방울 닮은 나비 한 마리,
반짝 눈을 뜨고 허공을 건너간다
깊은 여름잠에 들었던 내 영혼도 허공 같은 오늘을
또 건너간다
푸른 날개 환하게 돋아나는 새벽의 문으로

밤의 아라크네*

걸어온 날들이 베개 속에서 사막처럼 바스락거린다

엄마 얼굴은 왜 내가 세수할 때마다 떠올라 나를 아프게
할까

봉평 깡촌에서 대화할 사람도 없이 홀로 살다 가신 어머니,

그 엄마의 얼굴이 밤마다 거울을 막아선다

창밖엔 지금 빗줄기가 가늘어졌다 굵어졌다를 반복한다

빗줄기 속에서도 새는 우는가 보다 어디선가 목쉰 새 울
음소리 창틀을 넘어온다

엄마의 분신인가? 그 울음소리 슬프게 건너온다

한 그림자가 또 한 그림자를 밀고 오듯

새 울음소리 아스라이 내 거울 속에서 귀를 연다

---

* 그리스신화에 나오는 거미의 신.

영혼 결혼

어제는 스물여덟에 떠난 조카의 딸 효주*의 영혼결혼식
이란다

말을 못 잇는 아이 엄마의 목메이는 소리,

전화기 그 너머로 건너오는 통곡을 받아 안으며

내 심장 한 쪽도 거꾸로 돌아가듯 아팠다

어미의 무너진 가슴 한 쪽 새기듯 영혼 결혼의 비문을 새
긴단다

고, 함효주 양과 고, 000 군의 하늘이 맺어준 바늘과 실의
인연,

여기 고이 잠드노라!

뜬구름 한 조각 비문에 새긴단다

아득한 천상의 날개 한 쌍 돌에 새긴단다

돌은 말이 없고

돌같이 굳어진 어미의 심장 한 쪽 무너져

밤마다 몽유병자처럼 거리를 헤맸다는 어미의 비문(碑文)

---

* mbc 개그우먼 고,함효주.

반은 살고 반은 죽은 몸으로

오늘 그 아이 이름 심장 한 쪽 새긴단다

가슴 속에 돌부처 하나 세운단다

전화기 저 너머로 넘어오는 아득한 울음소리

피 흐르는 그 소리,

어른어른 내 눈 앞으로 돌비석 한 구驅 지나간다

구두수선 booth

사각의 창틀 같은 부스 안에서
발목 접히도록 걸어가고 걸어온 나를 만난다
밑창 뜯겨져 너덜거리는 생,
뒤축이 닳아 절름거리는 생,
조개 입술처럼 앞 축이 터진 생,
남루한 생들이 빗속을 걸어가고 걸어온다
때로는 폭풍에 휘말려 한쪽을 잃은 발목
한쪽을 잃고 머-언 먼 망망대해를 혼자 떠돌던 발목
내가 나를 밀어내던 청춘의 신발 뒤축도
사각의 부스에서 둥그렇게 눈 뜨고 누워 있다

해진 구두 뒤축 꿰매듯
꺾인 천 개의 날개를 달아 보려 발버둥 친다
어둔 밤길에 초록별 잡으려는 듯
천공으로 구멍 난 생을 꿰맨다

길 없는 길 위에서

어둠이 불을 켜 들고 달려온다
개똥벌레 발자국 따라 개미들이 줄지어 기어간다
붉은 하늘이 눈동자를 켜 들고 별빛을 따라간다
고무신 한 짝 풀밭에서 운다
간헐적으로 들리는 열차 바퀴 구르는 소리,
레일이 흐느끼는 소리,

별들이 레일의 꼬리를 따라 간다 두 팔 벌리고 누가 어둠
을 건너간다
늘대 같은 열차 달려오는 소리, 검은 그림자 하나 풀잎처
럼 쓰러진다

누군가 플래시 켜 들고 달려온다
고목 같은 전신주에 별들이 매달려 흐느낀다
움푹 고장 난 시계, 젖은 신발이 길을 멈춘다
암전이다
별들은 유유히 은하를 건너가고 있다

그림자를 기억해 내듯 레일이 일제히 귀를 열고

웅-웅- 늑대처럼 운다

내 안의 아트만atman* 2

벽속에 갇힌 벌레 한 마리, 간헐적으로 숨 멎는다 어둠이
벽을 타고 내려온다 어디로부터 오는 어둠의 굴레인가 어둠
이 소리를 난타한다 난타된 소리들이 모서리마다 걸린다 실
오리같이 갈가리 찢겨지는 소리의 발광체, 발광체 속에서 벌
레 한 마리 간헐적으로 팔딱인다 숨 멎을 듯 곤두박질치는

저만치 고개 숙이고 가는 이 누구인가
저 강 언덕을 내려간 한 사람을 지우듯
그는 나를 지우며 간다
물안개 피는 저녁 무렵이다
한 사람의 등 뒤에서 그림자 지듯
내 그림자 물 위에서 산화된다

---

* 아트만 (산 ātman): 인도의 성전(聖典) 베다에서, '호흡·영(靈)·아
(我)'의 뜻을 나타내는 말《심신 활동의 기초 원리임》.

지붕이 사라지다

새들이 이 나뭇가지에서 저 나뭇가지로 옮겨 앉는 저녁입
니다
누군가 방금 다녀간 길 위에서
나는 길을 잃고 길 위에 우두커니 서 있습니다
오래도록 그 누가 누웠다 간 자리입니다
관을 메고 나간 상여꾼들은 돌아오지 않고
새들은 빈집에 앉아 빈집 같은 허망을 채우고 있습니다
심장이 찢겨 내리는 눈물입니다
따끈한 쌀밥처럼 입김 호호 불며 다독여주던 그분,
우산이었던 그분이 먼 하늘로 날아가 버렸습니다
그를 위해 울던 곡소리들도 멀어져갔습니다
돌아올 길 없는 아득한 저 강, 저 하늘 끝자락에
풍경 같은 허공 하나 매달려 울고 있습니다
새들이 둥지를 잃고
이 나뭇가지에서 저 나뭇가지로 옮겨 앉듯
탯줄 잃은 나도 이제 이 집을 떠나야 할 때가 되었습니다

책이 있던 찻집

춘천 소양로 그늘진 골목길, 인생 이야기로 책이 살던 찻
집, 나는 가끔 시 같은 공복이 밀려올 때면 어슬렁어슬렁 공
복 같은 허기를 안고 그 집에 들르곤 했다 그러나 이제 주인
은 가고 장작불 활활 타오르던 그 자리에 그의 그림자인 양
웅크리고 앉아 있는 빈 난로, 혼자 외롭다

여름이 가고 가을이 오고 기차가 지나가면 빈 난로처럼
가슴이 시리다고, 창밖에 눈이 온다고, 창밖까지 따라 나와
오래오래 서서 우리를 배웅하던 그녀의 자리, 그 빈 그림자!
오늘은 다시 적막한 눈이 내리고 그는 우리들 곁에 없고 나
는 그가 떠난 그의 빈 창가에 오래오래 귀를 대고 앉아 그
의 목소리와 어둠이 지나가는 소리를 듣다가 돌아오곤 한다
텅 빈 들판을 가로질러 가는 긴 열차의 뒤꽁무니를 바라보
던 그녀의 그림자에 오래오래 귀를 묻고서---

제4부

눈 내리는 날

이렇게 적막이 내리는 날이었다
할머니 우리 집에 와 증손자 봐 주시고 귀향하시던 날
눈길에 버스가 굴렀다
그 길로 몸져누우신 할머니,
끙, 힘찬 거동 한 번 못하시고 그 길로 떠나셨다

임종 전에 마지막으로 딱 한 번 뵈었던 그 얼굴,
수업해야 한다며 급하게 뒤돌아섰던 시간 속에서
다시 올게, 하고 내달았던 그 문지방 문턱에서
나는 평생 그 문턱에 걸려 휘청거리고 있다

입속에 동전 세 닢 노잣돈으로 삼키고 가셨다는 그 임종이
내 창자에 걸린 듯
동전은 수시로 내 목구멍에서 울컥-울컥-숨이 멎는다
문득문득 찾아오는 할머니의 그림자 등 뒤에서
그 문지방 다시 넘지 못한 거울 뒤편에서
나는 오늘도 털 많은 짐승으로 운다

아파트 숲의 오후

오후의 긴 햇살이 고층 아파트 난간에 걸려 너울거린다
어디선가 아이들 떠드는 소리, 우는 소리
이것이 사람 사는 모습인가 여기면서도
금세 쓸쓸해지는 나는
어느 귀 큰 사람의 자식이었던가

적막하다 아파트 숲은,
저 많은 창마다 밤이면 별을 삼킬 듯
등불이 켜지고

창문 한 번 신통히 열어 보지 못한
내 삶은
뉘 집 문밖의 등불로 흐를 수 있을까

동굴의 흔적

유목민으로 살다간 그들의 삶,
하늘 지붕 한 귀퉁이를 우주 한 끈으로 붙잡고
칭얼대는 어린 것들 허기진 배 쓸어내리며
멀건 나물죽 끓이던 그 그늘 몫, 붉은 손길들
산 그림자가 하루를 접고 동굴 어귀로 내려오면
발 시린 식구의 입들이
달그림자로 둘러앉아
후루룩 후루룩 허기진 배를 채우던
얼굴, 얼굴들

이제, 그들도 다 지상을 떠나가고
숟가락도 흔적이 없는데
칭얼대던 그 울음소리, 기침 소리
아득히 갈퀴진 흔적으로 남아
긴 그림자로 어른대는 오늘, 그 발자국들
그들이 떠난 그 긴 길 위에 나는 길손처럼 서서
망연히 목메이는 바람 소리로

그 얼굴들 더듬고 있다

종유석으로 잠든 원시의 그 동굴 앞에서

제주, 마야
— 서안나 시인에게

애월, 애월의 시인 서안나!
시인의 '애월'을 읽을 때마다 잠들었던 달빛이 출~렁~
가슴을 친다
무엇이 그녀의 '애월'을 애간장 끓이는 문장으로
달빛을 출렁이게 하였는가
고고한 달빛이 출렁, 심장 한쪽이 멎는 소리,

오늘도 그 물가엔 달이 뜨고
'백 톤의 질문'은 검은 파도 같은 문장으로 달이 빠져나가
는 숨소리인가? 아니, 오늘도 '그 물가에 앉아 짐승처럼 달의
문장을 빠져나가고 있는 중'인가?

비바람 안개 속으로 달의 문장 사라지듯
달 속으로 떠난 한 사람 아득히 멀다

빈자의 전언

암호 같은 목소리 들린다

이곳에 들어와 십여 년을 살다보니

이제는 내 몸도 마음도 흙이 되고 물이 되어 물처럼 흐르
는구나!

생각이란 것이 없으니 지나가는 바람도 구름도 한 몸으로
눕는구나!

살갗은 다 썩고 산짐승들의 먹이로 남은 마른 나뭇가지
같은 뼈 몇 조각

전생의 그림자인 듯 숨어 구르고 있구나!

때로는 너무 외로워 바람 소리로 울 때도 있지만

그 울음소리 아무도 듣는 이 없는 이 적요의 극락왕생,

때로는 홀로 떠가는 달이 저도 외로운 지 내 머리 위에 내
려와

알 수 없는 방언을 쏟아내고 가지만,

그래도 나는 빈자貧者,

그래도 나는 망자亡者,

아무것도 아무도 없는 흙 속의 그림자로

내 혼을 지키는 방백으로 누워 있구나

아득히 멀어진 너희들의 목소리

산새들의 울음소리에 묻히고 묻혀

나는 홀로 적요에 떨다가 이슬방울처럼 잠들었구나!

맨살

　눈 한 번 뜨지 못한 채 떠난 할머니가 보인다 우리 집 방
문 앞 토방이다 춥다면서 말소리 낮춘다 목소리는 들리지
않는다 그러나 나는 들을 수 있었다 춥다는 말을. 할머니의
옷소매를 걷어 보았다 얇은 베옷에 맨살이었다 세상에 한겨
울에 베옷을 입고 맨살이라니?---화들짝 깼다 꿈이었다

　그로부터 사흘 뒤 할머니 무덤에 가게 되었다 그것도 우
연히, 아주 우연히. 친척집 장례식장에서 장지까지 따라갔다
그런데 바로 그 산 맨 꼭대기에 할머니 무덤이 있지 않은가!
이 지상 떠나시고 처음 만나는 할머니다

　그런데 봉분을 입힌 잔디가 없다 맨살이다 맨살이 흙모래
속에서 흑흑 바람소리를 낸다 산바람 속에서, 흙모래 바람
무덤 속에서 아, 춥다, 춥다, 춥다는 목소리가 내 옷소매를
파고 든다　나는 급한 김에 우선 5만 원 짜리 한 장을 할머니
의 살, 그 무덤 속에 묻어 드렸다

　얼마 후 내 전갈을 들은 동생들이 할머니의 새 옷 잔디를
사다 입혀 드렸단다 그 후 잠잠- 아득하다 둥그런 달이 할머
니의 손길인 양 내 등을 토닥이며 지나갔다

선물

할머니 돌아가실 적

손안에 꼭 쥐어 드렸던

동전 세 닢

숨 떨어지듯 삼키고 가셨습니다

천지가 고요해졌습니다

그 돈으로 부처님의 집까지

잘 도착하셨는지

아득합니다.

거돈 사지 居頓寺址*

부처님 뵈러 갔다가

적막만 안고 돌아왔다

저물녘 산기슭을 타고 내려오는

부처님 그림자,

적막은 등 뒤에서 달빛을 밀고

수만 개의 별들은

사리로 쏟아졌다

---

* 원주시 부론면 현계산 기슭에 위치한 절터.

아버지의 가방

　물방울이 뜬다 생각이 뜬다 풀잎이 뜬다 묘지가 뜬다 아버지가 뜬다 아버지 가방이 뜬다 가방 속에 넣고 다니던 아가였던 우리들이 뜬다 우리가 다시 아버지를 가방 속에 넣고 메고 다닌다 불룩한 가방, 불룩한 배, 무덤 가방이다 무덤 가방에서 아버지가 파란 새싹으로 손을 흔든다 아버지의 손이 산을 흔든다 이름 없는 무덤 깃발, 이름 있는 무덤 가방, 아버지의 해가 둥그렇게 눈을 뜬다 둥그런 해가 둥그렇게 눈을 뜨고 일어난다 온 산이 흔들린다 불룩한 아버지의 배가 흔들린다

가을 봉분

가을 햇살이 아버지 수염처럼 반짝인다
그 먼 나라에 이르러 누구와 막걸리 드시는지
말랐던 풀잎들이 축축이 고개 털고 일어선다

나는 나의 불효를 술잔 가득 부어 봉분에 올린다
긴 장죽을 문 아버지 그림자가 빙그레 웃으며
산그늘에 어린다

이름 모를 산새들 포르릉 포르릉 숲속을 넘나든다
밤낮 적막으로 누워 계셨을 아버지 소식 전하려는 듯
밤마다 뭇별들과 눈 맞추며 한숨지었을 아버지 안부 전하
려는 듯
새들의 재잘거림이 봉분을 떠나지 않는다
가을 산은 깊어 산정山頂을 내려서는데
햇살이 자꾸 아버지 손길마냥 뒷덜미를 당긴다

꽃과 알

하늘이 은행나무에 걸려 있다

푸른 손 흔들어 알 수 없는 수화를 보낸다

나는 은행알 같은 사람 하나

가슴 속에 굴리며 층계를 오른다

그 음성 들을 수 없어 물방울 같은

젖은 음계가 건반을 두드린다

하늘 이쪽과 저쪽의 귀가 멀기만 하다

잘 가라,

은행알 같은 꽃송이 하나!

돌무덤

울다 잠든 아이처럼

슬픔을 안고 잠들어 있다

풀숲을 날던 새들이

신발 한 짝 물고 간다

허공에 뜬 초승달처럼

누가 울며 간다

낯선 길, 낯선 얼굴

2021년 5월 31일, 종합검진을 받았다 대장내시경 판독을 보던 의사가 말한다 '신경내분비성 종양' 같다고. 그게 뭐냐고 했더니 암은 아니고 암 비슷한 것으로 일명 '잡스 병'이라고 한다 겁에 질린 내 얼굴을 쳐다보던 의사가 위로라도 하듯 CT를 다시 찍어봐야 안다고 여운을 둔다

병원 문을 나서는 발길이 천근 쇠못이다 창백한 듯 낯선 얼굴 하나 긴 복도 유리창에 어린다 긴 까운을 입고, 긴 바지를 입은 낯선 얼굴들이 자꾸 창을 기웃거린다 아니, 내 얼굴을 끌어 당긴다

다시 오라는 병원 예약 날짜를 받아들고 돌아서는 발걸음에서 허공이 길을 막는다 이제 마지막 길이 된 듯 내 안에서 도피안사到彼岸寺같은 절 한 채가 자꾸 뒤통수를 당긴다

달빛 속에서

꿈속에서 엄마가 다녀가셨다
온통 어둠의 성벽이었다
성벽 속에서 강철판을 문지르듯
내 가슴을 쓸어내리셨다
골고루 쓸어내리셨다
신의 손이 다녀가셨다
검은 신의 손이-
신촌 벌 어딘가 레일의 한끝에
달빛이 걸려 흔들렸다

겨울 안개

 기우뚱 몸 한쪽이 눈雪 속으로 기울어진다 뇌세 혈관을 가로질러 가는 안개, 안개는 몽환이다 천상의 계단을 올라가는 몽환의 터널, 안개의 이름으로 집을 짓는다 안개 속에 묻혀온 통증, 통증으로 집을 짓는다 구름의 집, 구름의 몸, 어금니 삭아 내리는 톱날 같은 바퀴가 날을 세운다 날은 수시로 심장을 도려낸다 심장 한쪽이 방향을 잃고 휘청거린다 꽃잎이 진다 꽃 진 상처의 자리, 꽃잎 같은 피가 돋는다 저문 밤 달빛을 등에 업고 가는 노승처럼 안개 속에서 휘어진 등, 해독되지 못한 미결수로 강을 건너간다

저자 산문 · 시인의 말

저자 산문

1. 안개 속에서

안개 속을 걷는다 모래톱을 걷는다 발이 늪 속으로 빠진다. 늪은 내 시의 공간이다. 여기는 지금 초겨울 입새 오후세 시, 안개가 짙다. 춘천은 안개 공장이 있다고 어느 시인은 말한다. 안개 공장, 다소는 우울하고 다소는 낭만적이다. 낭만 속에서 우울 속에서 내 시는 부화한다. 어둠과 슬픔의싹이 트기도 한다.

장폴 싸르트르는 "문학은 존재에 대한 물음"이라고 했던가! 50여 평생 그 물음의 길 위에서 나는 아직도 답을 찾지못하고 휘청거리고 있다.

그래서 아프다. 늘 마음이 아프고 뼈가 아프다. 그 아픔은 내 '슬픔의 정체성'이다. 종이학처럼 허공에서 떠도는 수인囚人, 안개 속에서 길을 잃은 행자行者, 이것이 내 시의 변곡점이다.

2. 4살 때

천지를 분간할 수 없는 캄캄한 밤이었다. 천둥벼락 치는 소리에 잠에서 깼던가 보다. 그런데 옆에는 엄마, 아빠, 할머니, 아무도 없었다. 몇 시간을 울었는지 모른다. 내가 철이 든 후, 아니 어른이 된 후 엄마에게 물어보았다. 내가 4살인지 5살인지 그때, 봉평 원길리에 살 때, 밤중에 엄마, 아빠, 할머니랑 다 어디에 갔었느냐고? 한밤중에 비가 너무 많이 쏟아져서 논두렁이 다 무너져 물길을 내려고 갔었다고. 두어 시간 후 들어와 보니 네가 기진해 있더라고. 엄마도 내가 그렇게 무서워 울고 있었던 사건을 기억하고 계셨다.

그런 연유 때문인지 어둠은 나의 트라우마로 작용한다. 저 깊은 심장 속에서 살아나 늘 나를 휘감고 있다. 내 시에 어두운 이미지가 많은 이유일까? 나에게는 늘 죽음의 그림자가 따라다니고 있다. 80년대에 발표한 〈강촌연가.1〉에서 "서른일곱에 이 세상 하직하겠다던/ 젊은 날의 고뇌도 갈등도/깊은 물속에 침잠 되어/물이 되고" 이런 구절이 있다. 사춘기 시절부터 허무의식에 빠져 허둥거렸다. 삶과 죽음은 이분법이 아닌 동일성이다. 내 시의 근간을 이루고 있는 변辯이다. 이런 심상이 소위 릴케가 말하는 "시는 체험이다"라는 근원이자 내 어둠의 정서이다.

3. 강 이미지

롤랑 바르트는 "언어는 살갗이다. 나는 그 사람을 언어로 문지른다."라고 역설한다. 내 시도 강을 언어로 문질러 보려고 손짓해 본다. 환경이 부여한 공간적 수확이다. 사방으로 강물이 흐르는 '춘천'이란 공간이 그것이다. 나는 거의 매일 이 강가를 걷는다. 그러나 이 도시가 낭만과 아름다움만 존재하는 것은 결코 아니다. 여기 수록된「운파동 사거리」처럼 폐허 같은 골목이 있고, 가게 문을 닫은 골목도 많다. 지난해 여름 장마에는 인공 수초 섬을 지키기 위하여 급물살에 뛰어들었던 분들의 목숨이 산산이 산화되었다. 한 구의 시신은 영영 찾지 못한 채, 시민 장葬을 치뤘다. 그 참상을 승화한 시가「침묵의 강, 침묵의 도시」이다. 이렇게 나의 정서는 저 깊은 강물에서 늘 기쁨과 슬픔, 허무가 상징과 은유로 닿아 있다.

이런저런 연유로 나는 헤르만 헤세의 『싯다르타』를 좋아한다. 바라문을 나온 싯다르타는 뱃사공 바스데바에게서 강을 배운다. 바스데바는 말한다. "나에게서 배우는 게 아니라 저 강물로부터 배우게 될 것이요." 싯다르타는 강에서 듣는 법을 배우고 생각하는 법을 배운다. 강의 소리에 귀를 기울이고 강의 눈眼 속을 들여다보며 강은 참으로 배울 것이 많은 존재라는 것을 깨닫는다. 이 배움이 곧 싯다르타의 지혜가 되고 구도의 자리가 되었단다.

영원히 도달할 수 없는 저 위대한 수도승 같은 강물에게 나는 늘 엎드려 기도한다. 당신의 한쪽을 내 가슴에 품을 수 있게 해 달라고, 당신의 마음을 배울 수 있게 해달라고. 메 말라 가는 가슴 한켠에 정서의 축축한 눈물을 달라고.

4. 빈 그릇

붓다는 말한다. "이 모든 존재들은 슈냐(sunya:空)로 가득 차 있다. 이 슈냐는 모든 것의 한가운데 존재하고 있다. 슈냐, 텅 빈 이 순수 공간은 바퀴 속에도 존재한다. 별 속에도, 꽃 속에도, 나무속에도, 심지어는 이 공기 속에도 존재한다."라고. 반야심경에서 말하듯이 슈냐 즉 공空은 곧 루빠(rupa)즉 색色이다. 나는 이 설법 같은 공空을 좋아한다.

2부에 수록된 시「쿠키 쿠키」도 그런 의식의 산물이다. 공과 색, 삶과 죽음 의식의 등식이다. 나의 그런 의식은 색보다 공의 의식이 지배한다. "쿠키 쿠키는 분명 과자다/그런데 우리말 음상으로 키 큰 키 큰 남자 이름으로 들린다/깜짝 놀라 뒤를 돌아보니/아무것도 없는 허공이다/허공, 허공, 허공---/이 세상에 허공만큼 큰 것, 또 무엇이 있을까?"(「쿠키 쿠키」)의 일부다.

물론 이 공은 색의 다른 이름이다. 그런데 공, 그 의식은 늘 나를 더 괴롭힌다. 내 존재가 없음에 대하여, 빈손에 대하여, 빈 영혼에 대하여, 빈 강물에 대하여, 빈산에 대하여, 내 열차는 늘 멈춰 선다. 또한 「바람과 외투」에서도 나는 이렇게 공의 의식을 노래한다.

"고골리의 도둑맞은 외투 같은 우울을 안고 돌밭 길을 간다/차창을 두드리며 달려오는 빗소리,/죽은 외투의 그림자/박제된 맨살의 그림자가 창에 어린다/긴 강을 건너가는 바퀴의 울음소리/하늘 가득 산화된 외투가 펄럭인다". 「바람과 외투」는 내 잃어버린 영혼에 대하여, 허무 의식에 대하여 공으로 흐르는 내 피의 근원으로 작용한 산물이다.

5. 길, 혹은 열네 번째 아해

*길

「길, 혹은 열네 번째 아해」는 2014년에 나온 나의 열두 번째 시집 「노자의 무덤을 가다」에 수록된 시의 제목이다. 내 상內傷의 표출이다. 미우라 아야꼬는 말하지 않았던가! "문학은 상처의 나무에서 피는 꽃"이라고. 이상의 "열세 아이가 도로로 질주한 길" 위에 열네 번째로 내가 끼어 있는 느낌이다. 그 아이는 죽은 아이이며 뼈가 아픈 아이다. 뼈가 아픈 아이는 마음이 아프고 살이 아프다. 그림자 없는 영상, 습기 낀 늪 속의 아이가 바로 '나'라는 생각이다.

"길은 막다른 골목"이 내 길인 것 같다. 거기엔 항상 "무서워하는 아해"만 남아 떨고 있다.

＊ 건축

사람과 사람 사이의 관계를 생각한다. 관계는 시의 제재에서 '다리'가 되고 '혀'가 되고 '눈물'이 되고 '두 개의 기둥'이 되고 '사이'가 되고 '간극'이 될 수 있다.

이 명사로 된 낱말들은 시 쓰기 설계에서 주제를 뒷받침하는 제재를 유추해 올 수 있는 제목의 탄생이다. 제재가 결정되면 소재를 동원하여 주제를 밀고 나간다. 이때 형식과 내용의 등가等價를 중시한다. 등가는 저울이다. 저울추의 양쪽 무게는 평행을 이뤄야 좋은 시가 될 수 있음을 경험한다. 나는 항상 시를 쓸 때마다 이 설계를 우선시 한다.

T.S. Elot의 "시는 형식과 내용의 등가물이다." "시는 수학과 같아야 한다."는 장 콕토의 논리를 염두에 두면서.

＊ 보철

치과에 가면 썩은 이를 뽑아내고 보철을 심는다. 한 대를 빼고 다시 심는데 보통 열 번 이상을 간다. 때로는 몇 달이 걸릴 때도 있다. 어떤 시인은 삼십 번, 오십 번, 백 번도 간다.

당나라 가도賈島는 밀추推 자와 두드릴 고敲자 중 어느 글자를 선택해야 할지를 두고 여러 날을 고심했다. 길을 가면서도 손동작으로 두드려 보는 시늉도 하고 밀어보는 시늉도 하다가 사람들의 조롱거리가 되기도 했다. 때마침 당대의 문장가 한유韓愈가 탄 마차에 부딪혔다. 사연을 이야기하자 한유는 두드릴 고敲자가 좋겠다고 했다. 조숙지변수鳥宿池邊樹 승고월하문僧敲月下門의 '고敲'가 그것이다. 나도 가도처럼 시의 지고한 정신에 닿고 싶다.

※ **직관**(intuition)

"시의 첫 줄은 신이 주신 것이다."라는 쇼펜하우어의 말을 존중한다. 직관은 내 시의 감각이고 자산이다. 또한 "사물에서 생명의 소리를 듣지 못하면 그는 더 이상 시인이 아니다."라고 한 쇼펜하우어의 입을 빌리려고 노력한다. 대부분 직관으로 오는 시는 '주지시'보다 '서정시'에서 잘 찾아온다. 졸시「도피안사.1.2」도 그렇고「매미 허물 같은」등 대부분의 작품이 직관에 의해 쓰여 질 때가 많다.

보르헤스는 그의 소설「브로디의 보고서」에서 "시인은 영혼이 그에게 내려왔다고 느낍니다. 그래서 아무도 그와 말하지 않으며 그를 쳐다보지도 않습니다. 심지어 시인의 어머니조차도 그를 쳐다보지 못합니다. 이제 그는 사람이 아니라, 신이며 어떤 것이라도 그를 죽일 수는 없습니다." "히브리 사람들이나 그리스 사람들처럼 시가 신적인 것에 뿌리를 두고 있으며 육체는 죽지만 영혼은 살아남는다는 개념이다."라고 보르헤스는 시의 위대성을 말한다. 고귀한 영혼의 소유자가 시인이란 뜻이다. 나도 신적인 영감과 직관에 좀 더 깊숙이 도달하길 원한다. 그러나 그 신은 나로부터 도망갈 때가 많다.

* 노트

나는 주지주의(intellectualism)의 시도 좋아하지만 정서가 촉촉히 베인 서정시(lyric)도 좋아한다. 「잎 속의 입」, 「본성, 두루마리 휴지」, 「2021광장, 그리고 광야」, 「반나절의 생」, 「매미 허물 같은」, 「성 밖에서」같은 시는 현 시대상을 풍자한 시로 전자에 속할 것이다. 우리 사회의 모순과 갈등, 정치인들의 말, 말, ---, 광장에 구름처럼 몰려나와 구호를 외치는 무리들의 양극화 현상을 그린 작품들이다.

더구나 「성 밖에서」는 힘 있는 어떤 그룹에도 끼이지 못하고 항상 그늘에서 빗물처럼 젖어 떨고 있는 풀잎 같은 존재들을 그렸다. 이 존재는 결국 나의 '자화상'이 아닐까? 변명한다. 더구나 세계적 팬데믹(pandemic)까지 겹쳐 우리는 정말 짜증나는 사회에 처해 있는 풀잎들 같은 존재란 생각이 많이 들었다. 비 존재적 내면 의식의 갈등과 자아분열 등, 이런 작품이 주로 이번 시집에 요체를 이루고 있다. 그러나 제재와 소재에 따라 주로 내 시는 형식과 내용이 결정된다.

"서정시인들의 형상들은 바로 그 자신이며 자신의 다양한 객관화에 지나지 않는다."고 한 프리드리히 니체의 말(「비극의 탄생」)에도 전적으로 동의한다. 「우수주의자의 하루」, 「시간에 기대어」, 「달에게 묻다」, 「그 뼈가 아파서 울었다」 등 대부분의 작품이 후자에 속한다고 자평한다.

후자는 주로 정서적 충동에서 출발한다. 아무튼 나는 두 갈래(주지시와 서정시)의 길에서 내 시의 온도는 몇 도나 될까를 수시로 체크하고 반성한다. 도달점은 에토스(ethos)가 강한 시를 쓰고 싶다. 오늘도 24시의 시간이 23시의 해처럼 넘어가고 있다.

[덧붙임]: 이 글은 2019년 「시와 세계」 가을호 특집 「이영춘을 읽는다」에 게재하였던 '시론'을 근간으로 하여 수정, 보완하였음을 밝힙니다.

시인의 말

또 하나의 강을 건너간다

달빛이 길을 놓는다

달빛 속에서 물고기들이 팔딱거린다

유서 쓰듯, 혈서 쓰듯, 그 한 마디를 쓰려고 애썼다

그러나 아득했다

시詩라는 신神 앞에서---

2021. 11

안개 도시, 춘천에서 이영춘